AF296317

Louis BOUVET & JULES SÉVRYAN

Dupont & Dupont

BOUFFONNERIE MILITAIRE

Créée à Paris, au Café-Concert " **LA FAUVETTE** "

DISTRIBUTION :

4 H.   3 F.

PARIS

C. JOUBERT, Éditeur, 25, rue d'Hauteville.

Répertoire de la Société Lyrique

Tous droits de reproduction et représentation réservés pour tous pays.

Anciennes Maisons BRANDUS & JOUBERT réunies

C. JOUBERT, Successeur

ÉDITEUR DE MUSIQUE

PARIS. — 25, Rue d'Hauteville, 25. — PARIS

RÉPERTOIRE

DES OUVRAGES DE CONCERT EN UN ACTE

ABRÉVIATIONS : D. Veut dire du répertoire de la Société Dramatique, 8, rue Hippolyte Lebas. — le surplus appartient au répertoire de la Société Lyrique, 10, rue Chaptal.

LOC. Veut dire : La musique n'est qu'en location et ne se vend pas.

Opérettes et Vaudevilles

AUTEURS	TITRES DES ŒUVRES	Hommes	Femm	Prix nets
Saint-Maurice.	Abricot (L') d	troupe	»	loc.
De Campisiano.	Abs len	1	3	6 »
Vallès-Garnier.	Affaire Cœurdeveau (L').	5	1	loc.
F. Bernicat.	Agence Rabourdin (L').	1	1	5 »
Japy.	A huitaine	troupe	»	
C. Roland.	Aiguilleur (L') d	1	1	loc.
Bessière-Ruffler.	Ami Vandière (L').-d	7	6	loc.
G. Street.	Amour en livrée (L').	3	1	loc.
Desormes.	Amour et l'appétit (L').	1	1	4 »
Vallès-Garnier.	Amour et sauvetage.	3	2	loc
A. Petit.	Amoureux d'Yvonne (Les) d	5	3	loc.
V. Roger.	Amour Quinze-Vingt (L').	3	1	4 »
Bottin, Boulay-Layrice.	Amours d'un piston (Les).	3	2	loc.
Desormes.	Antoine et Cléopâtre d.	1	2	4 »
Bessier-Moreau.	Aphrodites (Les)	4	8	»
Dorfeuil-Moreau.	Après la vie de Bohême d.	troupe	»	loc.
J. Emmecé.	A qui le gosse ?	2	3	lcc.
M. Chautagne.	Arracheuse de dents (L').	2	1	4 »
Dourel, Roydel, Monjardin	Artistes pour rire d	6	4	loc.
Géraldy.	Ascension du Mont-Blanc (L').	1	1	4 »
Oudot de Gorsse	Au Chat qui pelote d.	troupe	»	loc.
Banès.	Au Coq huppé.	3	2	5 »
Uzès.	Au soleil d'or d.	3	2	6 »
Lebreton-Moreau	Au temps des cerises d.	5	3	loc.
Guérineau.	Auteur par amour.	1	2	5 »
Lebreton-Moreau	Autour d'une guérite d.	3	2	loc.
Henry Moreau.	Avant le bal.	1	1	3 »
Colongé, Carofalo, Combrel	Baba Bouzouck d.	5	6	loc.
Deransart.	Baigneur et nageuse.	1	11	3 »
Antigeon.	Baigneuses de Corotteville (Les)	5	9	loc.
Leserre.	Barbe-Bleue.	1	»	2 »
Ratcée-Tranchant.	Bataillon Desroches (Le) d.	10	0	loc.
Autigeon-Desplau.	Battage (Le).	2	1	loc.
A. Moyne.	Béguin d.	2	1	loc.
Wachs.	Bibi ou l'Enfant de l'Amour	1	1	loc.
Moreau-Touzé.	Belle-mère, nouveau jeu.	1	3	loc.
Moreau-Gramet.	Bougnol et Bougnol.	4	2	loc.
Villebichot.	Boum ! Servez chaud.	3	2	4 »
Hubans.	Breland de bègues.	2	1	5 »
D. Bernicat.	Cadets de Gascogne	troupe	»	loc.
Banès.	Cadiguette (La).	1	1	5 »
Javelot.	Calino amoureux.	2	1	3 »
Cellot.	Canne d'un grand homme (La) d	2	2	loc.
Lebreton-Moreau	Ça porte bonheur.	5	3	loc
V. Herpin.	Capricorne (Le).	troupe	»	loc.
F. Barbier.	Carmagnole (La).	3	3	6 »
Lebreton-Moreau	Carnaval conjugal (Le) d.	9	9	loc.
Autigeon-Desplau.	Catsedin et Cie.	6	5	loc
Chaband, Colongé Tranchant	Ce pauvre Bobinet.	2	1	loc.
Vallès-Talber.	C'est du coton.			loc.
Chelu.	Chambre à louer.	1	1	2 »
Cuvillier.	Chambre à part d.	4	2	loc.
Henry Moreau.	Chambre de bonne d.	troupe	»	loc.
V. Roger.	Chanson des Ecus (La).	3	1	4 »
P. Henrion.	Chanteuse par amour (La) d.	»	1	6 »
E. André.	Chaos (Le).	1	1	4 »
Moreau-Boucherat.	Chasse royale d.	troupe	»	loc.
Lebreton-Moreau	Chasseurs Alpins (Les) d	6	6	loc.
Cieutat	Chaste Suzanne (La) d	troupe	»	4 »
Yvel.	CLéri des Dames	troupe		loc.
Dourel-Roydel.	Chez la Costumière d	troupe	»	loc.
Meynard	Chez le dentiste.	3	1	8 »
Lhuillier	Chez les Corniquets.	1	»	1 »
C. Rosenquest.	Chicard et Hébé.	1	1	4 »
Ponnier	Chien et Chat d.	4	1	5 »
Boulay-Layrice.	Choc en retour d.	2	2	loc.
Moreau-Gramet.	Cinq contre un.	3	3	loc.
Villebichot.	Cirque Ponger's (Le).	troupe	»	6 »
Bessière.	Clou (Le) d.	2	2	loc.
L. Collin.	Coco Bel-Œil.	3	1	6 »
A. Petit.	Cocotte et chicanier.	1	1	5 »
Villemer / Delormel / Péricaud	Colosses de Rhodes (Le).	3	»	4 »
A. Petit.	Confection pour dames.	2	4	5 »
Lebreton-Moreau.	Conscrits bretons (Les) d.	7	5	loc.
L. Collin.	Conscrit tyrolien (Le).	1	1	3 »
Lebreton-Moreau	Contrôleur des Wagons-Bars (Le)	5	3	loc.
Lebreton-Moreau.	Cote et Cocottes.	4	4	3 »
De Roze et d'Arsay	Culotte du marié (scène) (La).	1	»	1 »
Berthérot-Roland.	Daniel dans la fosse aux lions	troupe	»	loc.
Lebreton-Moreau.	Dans cent ans d.	2	11	loc.
Sourilas.	Dégrafée d.	1	3	5 »
Marc Sonal-Pierre Laurey	Départ du régiment (Le) d.	5	10	loc.
L. Lefèvre.	Dernier verre (Le).	3	1	4 »
F Barbier.	Deux amours de chandeliers.	2	1	6 »
F. Matz.	Deux avares (Les) d.	2	1	8 »
Ch. Hubans.	Deux coqs vivaient en paix.	2	1	6 »
F. Gracia.	Deux estafiers (Les).	2	»	2 »
M. Chautagne.	Deux muses (Les).	3	»	4 »
F. Barbier.	Deux parfaits notaires (Les).	2	»	4 »
Hervé-Lecocq.	Deux portières pour un cordon d	3	»	4 »
Moreau-Boucherat.	Diable au Moulin.	5	8	loc.
Gramet-Talber.	Doigt coupé (Le)	troupe	»	loc.
Saint-Maurice.	Doubles Vierges (Les) d.	troupe	»	loc.
Moreau-Gramet	Dragon pour deux.	3	2	loc.
Sourilas.	Drapeau jaune (Le) d.	3	2	4 »
Bouvet-Sevry.	Dupont et Dupont.	4	3	loc.
Bottin, Boulay-Layrice.	Duriflard.	5	2	loc.
J. Domerc.	Ecole buissonnière (L').	3	»	3 »
Yver-Septmons.	Eh ! Ohé ! Ladrupette ! d.	2	»	loc.
Trebla-Croisier.	Elle ! d.	4	1	loc.
Ed. Lhuillier.	Elle débute ce soir.	1	1	4 »
Delaruelle.	El senor Piffardino.	1	1	6 »
Marsay.	En colonne d.	troupe	»	loc.
Lebreton-Moreau.	Enfant des halles (L') d.	3	2	loc.
Jallais Hubans.	Enlèvement des Sabines (L').	troupe	»	loc.
Guillemand-de Marsan.	Enfants d'Edouard (Les) d.	2	3	loc
Lebreton-Duroc	Enragés d.	4	4	loc.
Villebichot.	Entre deux jardins.	1	1	4
Lebreton-Duroc	Entresol d'Eugène d.	4	6	loc.
Garnier-Vallès.	Erreur de Bridouille (L').	3	2	loc.
Banès.	Escargot (L').	2	3	6 »
A. Pajol.	Esprits d'Argenteuil (Les).	4	3	loc.
D. Dihau.	Eternel roman (L').	1	1	4 »
Garnier-Vallès.	Exploits de Malichard (Les)	0	4	oc.

DUPONT & DUPONT

Louis BOUVET & Jules SÉVRY

Dupont & Dupont

BOUFFONNERIE MILITAIRE

Créée à Paris, au Café-Concert " LA FAUVETTE "

DISTRIBUTION :

4 H. 3 F.

PARIS

C. JOUBERT, Éditeur, 25, rue d'Hauteville.

Louis BOUVET & Jules SEVRY

DUPONT & DUPONT

Bouffonnerie Militaire

PERSONNAGES

JEAN DUPONT, châtain, très gras, chauve . . . . MM. Daguerre.

JULES DUPONT, brun et maigre, réserviste . . . . . . Mauraisin.

LE MAJOR ADOLPHE MAGNÉSY, très myope, grosses lunettes,
    vieux marcheur militaire . . . . Garçon.

LATOURTE, soldat naïf, roux . . . . Lecomte.

LÉA DE CAULINCOURT, grue, un signe sur la joue droite . . Mmes Ryant.

Mme JEAN DUPONT . . . . Lamberty.

VIRGINIE, bonne de l'Hôtel . . . . Marciliane.

---

*La scène se passe à l'hôtel de « La Grue d'Argent »,
à Magnac-Laval. Le décor représente un salon à
cinq portes si possible : une au fond et deux de
chaque côté. Table, chaise longue à gauche, fau-
teuils, chaises, etc. Au lever du rideau, la capote de
Jules Dupont est sur une chaise près la porte de sa
chambre.*

SCÈNE PREMIÈRE

Virginie, Latourte.

*Latourte, en troupier, capote et pantalon de treillis,
sort du 2e plan à gauche. Virginie épousète.*

Virginie

Eh ! ben ! M'sieur Latourte, vot' réserviste, M'sieur Jules Dupont... comment qui
va ?

Latourte, *très gourde.*

Ah ! Mamz'elle Virginie... y va... y va
s' faire fourrer à la boîte.

Virginie

Comment ?

Latourte

J'ai jamais vu un tir au flanc de son
gabarit.

Virginie

Vrai ?...

Latourte

Vrai.... il dit qu'il a soupé du métier... il
trouve la capote trop épaisse... tenez, la voilà
sa capote... et il s'habille en civil... j' vous
dis qui va s' faire ficher dedans... et puis, il
n'est pas plus malade que vous et moi...
c'est la noce qui l'abrutit... Et en voilà bien
d'une autre... Le journal de la localité, « Le
Phare de Magnac » a annoncé sa mort.

Virginie

Comment, sa mort ?

Latourte

Oui. Même que les journaux de Paris
l'ont répété disant que c'était la fatigue qu'a-
vait tué un réserviste, à la suite des manœuvres... c'est à la *cuite* qu'ils auraient dû dire...

Virginie

Ça va en faire une histoire !

Latourte

Et c'est pas tout... V'là que l' ministre,
pour éviter une interpellation, a prescrit une
enquête et ordonné que Jules Dupont, réserviste au 250e, soit mis en observation ici, à
« La Grue d'Argent » où un médecin-major
de Paris doit venir l'examiner.

VIRGINIE

Pourvu qu'il ne vous attire pas d'ennuis.

LATOURTE

Oh ! moi... je m'en gargarise les omoplates... Qu'il soit malade ou non, on m'a dit de garder Dupont et de faire tout ce qu'il veut : je le garde et je fais tout ce qu'il veut. Seulement, à force de bafrer et de licher avec lui... j'ai l'estomac qui gonfle... qui gonfle qu'on croirait que je suis enceinte de l'estomac.

VIRGINIE

Au fond, c'est tout de même un bon bougre et généreux.

LATOURTE

Ça... oui.

SCÈNE II

LES MÊMES, Jules Dupont.

JULES, sortant de la chambre, 2ᵉ plan à gauche. Il est vêtu d'un pantalon de coutil blanc, d'un veston et coiffé de son képi.

Latourte ?...

LATOURTE, *à Virginie.*

Silence ! le voici... (*A Jules*) Eh ! ben, quoi qu'y a ?

JULES

Latourte... j'ai le feu dans la bouche.

LATOURTE, *à part, à Virginie.*

Il a toujours le feu quelque part. (*Haut à Jules*) Je me disais aussi : y a longtemps que Jules n'a pas eu soif ! Allons, mamzelle Virginie, donnez à boire à Jules... la gueule l'y brûle.

VIRGINIE

J' vas vous monter ça, M. Dupont.
(*Virginie sort*).

LATOURTE

Ben, vous en avez une santé, vous !

JULES, *assis.*

Oui... pas mauvaise... le physique est bon quoiqu'en disent les journaux... mais c'est le psychique qui est atteint.

LATOURTE, *béat.*

Ah !... vous avez mal au.. *spychique*... Où c'est-y ça ?

JULES

Partout.

LATOURTE

Diable ! c'est grave alors... Et comment ça vous est-y venu votre mal à... à ce que vous dites ?

JULES

Chagrins d'amour !

LATOURTE

Ah ? c'est une femelle qui vous a fichu ça ?

JULES

Oui... et tant que je n'aurai pas trouvé une femme capable de remplacer Cléo... je boirai pour l'oublier.

LATOURTE

C'est le déboire qui vous fait boire ? Le fait est que vous vous en enfoncez du liquide...

JULES

Est-ce que je ne partage pas avec toi ?

LATOURTE

Oui... mais comme j'ai pas mal au... *spychique*, ça me dilate le colon au point que si vos vingt-huit jours devaient durer un an, mes boyaux ne tiendraient plus dans mon ventre.

VIRGINIE. *sort de la chambre à Dupont.*

Le champagne est servi dans votre chambre, M. Dupont.

JULES

Merci, suave enfant... (*Il lui donne la pièce.*) Voilà pour vous (*Il l'embrasse*) et ça aussi... Viens-tu trinquer, Latourte ?

LATOURTE

Ah ! là, là... boire encore !... C'est y embêtant tout de même que la consigne soit de faire tout ce que vous voulez... vite alors, car faut que je vas attendre le Major à la gare.

JULES

Le Major ? C'est vrai... je l'oubliais celui-là... dis-donc, s'il te questionne à mon sujet... tu répondras que je tiens à peine debout.

LATOURTE

Il le verra bien... vous êtes tout le temps saoul...

JULES

Hein ?

LATOURTE

...Saoul... *sous l'influence de votre spychique.* (*Ils sortent, Jules oublie son képi sur la table*).

SCÈNE III

Virginie *seule, puis* Jean, *et* Léa.

VIRGINIE

Cinq francs !... Est-il généreux tout de même... (*Elle voit entrer Jean et Léa*) Oh ! des voyageurs... Monsieur et Madame désirent ?

JEAN, *en complet de coutil blanc, très bedonnant et un peu gaga.*

.Une chambre...

LÉA

Pardon... deux chambres.

JEAN, *étonné.*

Soit... deux chambres. (*Virginie sort*)

JEAN, *à Léa.*

Pourquoi deux chambres ?

LÉA

Parce que j'en ai assez de vous avoir à côté de moi. Ah ! si j'avais su quel type vous étiez, c'est moi qui ne vous aurais pas écouté, l'autre soir, au Moulin-Rouge... A la fin, me direz-vous pourquoi vous vous obstinez à me faire suivre le 250° depuis Paris ?

JEAN

Que veux-tu, je suis patriote... je ne peux pas voir un régiment sans lui emboîter le pas.

LÉA

Oui, mais de là à faire quatre cents kilomètres avec lui...

JEAN

Oh ! en chemin de fer.

LÉA

Quand je pense que, pour vous, j'ai lâché Paris, sans rien dire à Adolphe, mon vieux, qui a dû venir se casser le nez chez moi. — Ce n'est pas vous qui le remplacerez ?

JEAN, *distrait.*

Son nez ?

LÉA

Faites de l'esprit... ça vous va bien... non, Adolphe, s'il me plaque ?... Vous, vous êtes trop pingre pour cela.

JEAN

Tandis que ton vieux...

LÉA

Vieux, pas tant que ça... d'abord l'uniforme le rajeunit...

JEAN

Ah ! c'est un militaire ?

LÉA

Oui, mon cher, un gradé qui plus est... et il fait ce qu'il peut pour moi, lui...

JEAN

Et moi donc !

LÉA

Vous ?... Vous êtes vidé, panné mon cher... Et puis, j'ai quelque chose à vous demander. (*Geste de Jean*) Rassurez-vous, ce n'est pas de l'argent. (*Jean se fait tendre*) Ni ça... pourquoi vous appelant Dupont... Jean Dupont... voyagez-vous sous mon nom de Caulincourt?

JEAN

Je n'ai pas pris ton nom, je l'ai joint au mien : Dupont de Caulincourt, parce que ça fait bien, voilà tout...

LÉA

Voulez-vous que je vous dise... Vous cachez votre personnalité... vous êtes tout simplement marié, mon cher, et vous craignez que votre femme.....

JEAN, *s'asseyant.*

Ma femme ?... Moi .. Marié !... Laisse-moi m'asseoir...

LÉA

Ah ! oui vous l'êtes assis... *russis* même.

VIRGINIE

.La chambre de Madame est prête, la voilà (*Elle montre le 1ᵉʳ plan à droite*).

LÉA

Bien. (*Virginie sort*).

JEAN

Léa ! Ma petite Léa...

LÉA

Zut !... Dire que, levée depuis 3 heures du matin, vous auriez enduré, si je n'avais exigé m'arrêter à Magnac, me faire suivre le 250ᵐᵉ jusqu'à sa prochaine étape, à 20 kilomètres d'ici... Tenez... vous me révulsez... Faites-moi servir un chocolat pendant que je vais réparer ma toilette pour me rendre au télégraphe, (*à part*) passer une dépêche à mon Major.

JEAN

Au télégraphe ! Pourquoi faire ?

LÉA

Télégraphier à ma mère, Monsieur... à ma mère qui a besoin d'argent et à qui j'en envoie sur mes économies.

JEAN

Brave fille !

LÉA, *dédaigneuse.*

Économies réalisées sur vos prédécesseurs, Monsieur ! (*Elle sort 1er plan à droite*).

JEAN, *seul.*

Pourquoi me suis-je fourré cette aventure sur les bras ? (*Au public*). Voilà : J'ai été réformé l'an dernier... mais je n'en ai rien dit à ma femme. Or, l'époque des vingt-huit jours (que j'aurais du faire) étant venue, j'ai simplement rejoint mon ex-régiment qui fait les manœuvres par ici ; de sorte qu'au moyen de la poste restante, je corresponds avec ma femme comme si je faisais réellement les manœuvres. Mais seul, je me serais rasé ; aussi l'idée m'est venue d'emmener Léa de Caulincourt avec moi ! Fichue idée !... depuis huit jours j'ai dépensé, en plus de huit cents francs, tout ce que sept ans de mariage m'ont fait économiser de sensualité .. Je suis moulu...

SCÈNE IV

Jean, Virginie.

VIRGINIE, *sortant de droite.*

La chambre de monsieur est prête. C'est ici. (*Elle montre le 1er plan à gauche*).

JEAN

Bien... Ah ! Mademoiselle ? Savez-vous où sera le *250*, demain ?

VIRGINIE

Non, Monsieur, mais Latourte pourra vous renseigner.

JEAN

Latourte ?... Le pâtissier d'en bas ?

VIRGINIE, *à part.*

Est-il bête ! Non... le soldat Latourte qui est resté à Magnac, à cause de Dupont...

JEAN, *sursautant.*

A cause de Dupont ? quel Dupont ?...

VIRGINIE

Ben... Dupont... le réserviste dont les journaux de Paris ont annoncé la mort.

JEAN

Sapristi !... Les journaux de Paris ont annoncé la mort d'un réserviste qui se nomme Dupont et qui est du 250*... ?

VIRGINIE

Ben, oui... C'est pas la première fois qu'ils se trompent...

JEAN, *à part.*

Me voilà propre... Pourvu que ma femme n'aille pas croire que c'est de moi qu'il s'agit ! (*Haut*). Et peut-on le voir ce Latourte ?

VIRGINIE

Oui, Monsieur, tout-à-l'heure.

JEAN

Bien. En attendant, préparez-nous deux chocolats... ou plutôt un seul pour madame de Caulincourt. La chaleur m'incommode, je ne me sens pas bien.

VIRGINIE

Monsieur prendrait peut-être une tasse de camomille ?

JEAN

Non, merci ! Je prendrai seulement un court repos sur cette chaise longue ..

VIRGINIE

Monsieur devrait voir un médecin.

JEAN

Non. Ça va se passer... et puis au fait... préparez-nous donc deux chocolats.

VIRGINIE

Bien, Monsieur.
(*Elle sort au fond*).

SCÈNE V

Jean, *seul.*

Quelle affaire, mon Dieu, quelle affaire ! Heureusement que ma femme lit peu les journaux. . sans cela elle serait capable d'accourir ici... Tant pis, j'ai trop chaud, je vais me mettre à l'aise... (*Il enlève son veston, son gilet et son faux-col et reste en pantalon de toile blanche*[*]) C'est égal, je ne puis vivre sur ces

---

[*] Pour le mieux distinguer de Jules Dupont, aux yeux du public, Jean Dupont devra porter une ceinture rouge.

épines *(Il s'allonge sur la chaise)* Dès ce soir, je plaque Léa et je retourne à Paris... Je dirai à ma femme qu'on nous a congédiés par anticipation. *(Il baille)* Ah ! Je suis moulu !... *(Il s'endort)*.

SCÈNE VI

Jean *endormi*, Le Major.

LE MAJOR, *furieux, venant du fond.*

J' suis furieux, même pas de planton à la gare pour m'attendre... Doit pourtant y avoir un soldat préposé à la garde de ce fameux Dupont. Heureusement qu'on m'a indiqué qu'il était ici, Dupont !... Le retiens c'tte andouille-là de m'faire faire quatre cents kilomètres pour l'examiner. Où est-il Dupont ?... ce sale Dupont ! c'crétin de Dupont ?... *(Voyant le képi oublié par Jules et apercevant Jean allongé)* Ah ! ce képi sur cette table et cet homme en pantalon de treillis sur cette chaise longue ! Ça doit être mon phénomène de réserviste. *(Il va vers lui)* Hé ! l'homme !

JEAN, *endormi,*

C'est toi, poupoule ?

LE MAJOR, *cherchant autour de lui.*

Poupoule ?... Il rêve ou il divague. *(Le secouant)* Voyons, réveillez-vous, mon garçon.

JEAN, *se frottant les yeux.*

Hein..!... Je rêvais que m'a femme me croyait mort.

LE MAJOR, *à part.*

Sa femme le croit mort ? C'est bien lui.

JEAN, *voyant le Major, à part.*

Tiens ! Qu'est-ce qu'il veut, celui-là !

LE MAJOR

C'est vous, le sieur Dupont ?

JEAN

Le scieur ?... Non... pas *scieur*... je suis boucher.

LE MAJOR, *à part.*

Bouché !... Ça se voit !... Enfin c'est vous Dupont ?

JEAN

Ma foi oui... *(A part)* Qu'est-ce que ça peut bien lui faire ?

LE MAJOR

Alors... ça ne va pas ?

JEAN

Ça ne va pas !... quoi ?

LE MAJOR

Ben, la santé... puisqu'on me fait venir pour vous examiner.

JEAN

Ah ! la santé !... *(A part)* Cette bonne est idiote de m'avoir envoyé un médecin militaire... *(Haut)* Ma foi, puisqu'on vous a dérangé, je ne suis pas fâché de vous voir.

LE MAJOR

Vous d'mande pas tout ça... où est votre mal ?

JEAN

Ma *Malle ?.* . là *(Il montre sa chambre)*.

LE MAJOR, *furieux.*

Ah ! ça... vous vous fichez de moi, vous ?

JEAN, *à part,*

Il m'embête, ce militaire ! *(Il veut se lever)*.

LE MAJOR

Restez couché .. Si vous bougez, je vous fais ficeler. .

JEAN, *se recouchant.*

Oh ! non alors ! *(A part)* Il me prend pour une andouille !

LE MAJOR

J'vous d'mande où vous souffrez ?

JEAN, *voulant se lever.*

Ah ! où je souffre ?

LE MAJOR

Bougez pas... Sacré nom d'un chien.

JEAN

Ben, voilà. Je suis toujours fatigué ; quand je me couche... et même quand je ne me couche pas... je suis fatigué.

LE MAJOR, *distrait.*

Même quand vous ne vous couchez pas ?... Bizarre !... Et il y a longtemps que vous êtes comme ça ?

JEAN

Ne m'en parlez pas... je suis venu au monde fatigué.

LE MAJOR, *à part.*

C'est un enfant de vieux *(Haut)* Et... avec ça ?

JEAN

Et avec ça, ma femme est bien embêtée.

LE MAJOR

M'fiche de votre femme... J'vous demande..
Et avec ça ressentez-vous encore quelque
chose ?

JEAN, *riant bêtement.*

Ah !... Ah !... Je vous crois...

LE MAJOR

Qu'est-ce qu'il a à rire c'l'idiot là ? Alors
dites-moi quoi ?

JEAN, *éclatant.*

Vous voulez ?... pouff...

LE MAJOR, *s'essuyant.*

N'avez pas fini de m'envoyer des postil-
lons. (*Changement de ton*) Voyons, quel effet
extérieur votre fatigue produit-elle sur vous ?

JEAN, *voulant se lever.*

Ma foi...

LE MAJOR

Bougez pas, où j'vous fais fusiller.

JEAN, *à part.*

Il est rasant... (*Haut*) Ben, voilà : Tantôt je
me gonfle comme un ballon, et tantôt je me
dégonfle comme un sac vide.

LE MAJOR

Vous vous gonflez et vous vous dégonflez ?

JEAN

Oui... comme un pneu...

LE MAJOR

Comme un pneu ?... C'est de la pneumo-
nie... donnez-moi la main...

JEAN, *tend sa main et serre celle du Major.*

Vous me comblez...

LE MAJOR

Quand vous aurez fini de faire le zigue !

JEAN

La gigue... connais pas.

LE MAJOR

Pas étonnant que vous soyez fatigué...
vous en portez un sac...

JEAN

Hein ?

LE MAJOR

J'vous d'mande votre main pour vous tâter
le pouls... suppose pas que vous ayez jamais
vu chercher le pouls, autre part que sur la
main ?

JEAN, *montrant sa tête et se grattant.*

Si !... Si !... (*Il rit béatement*).

LE MAJOR

Allons, allons Dupont vous êtes trop bouché pour faire de l'esprit. Taisez-vous. (*Il lui
tâte le pouls*) Un peu de fièvre. (*A part*) Ne le
brutalisons pas... (*Haut*) C'est bon, Dupont...
j'vois c'qu'il vous faut.. Vous allez rentrer
dans votre chambre et vous tenir au chaud
(*Il prend le képi de Jules et en coiffe Jean*). Mettez
ça sur votre tête et ne le quittez pas.

JEAN

Mais ?...

LE MAJOR

Il n'y a pas de mais...

JEAN

Ce n'est pas à moi...

LE MAJOR

Parfaitement. Ce n'est pas à vous à me faire
des observations .. rentrez... allez coucher...
allez coucher...

JEAN, *s'en allant avec le képi.*

La bonne aurait mieux fait d'en faire au-
tant (*Il sort à gauche*).

LE MAJOR, *seul.*

Quand je pense que c'est pour ce crétin-là
qu'on m'a fait quitter Paris, sans que j'aie
même eu le temps de prévenir ma petite Léa
de Caulincourt que je ne pouvais lui faire ma
visite hebdomadaire ! Je vais lui envoyer un
télégramme... Pauvre adorée... elle m'aime
tant... Elle me disait encore la semaine dernière... « Mon chéri... de 2 heures à 3, le samedi je ne peux pas me passer de toi. » Si je
rédigeais un premier rapport au ministre ?
C'est cela, je l'expédirais en même temps que
mon télégramme à Léa. (*Il écrit.*)

« Monsieur le Ministre,

« Vu Dupont. Malade me paraît très
« fatigué. — Se gonfle et se dégonfle comme
« un pneu. Est bouché de nature et boucher
« de profession... gros, apoplectique... ten-
« dance au gâtisme, sénilité précoce. .

« Je suis avec respect, Monsieur le Ministre,
« *(Pensant à Léa)* ton petit Adolphe qui t'em-
« brasse sur tes jolis nichons... *(Parlé)* Ah !
qu'est-ce que je mets-là... je recopierai ce
rapport à la poste. *(Il sort au fond.)*

SCÈNE VII

Léa, Virginie.

Léa, *sortant de sa chambre.*

Ah ! ce qu'il m'obsède cet idiot de Dupont.
Si, comptant sur sa largesse, je n'avais pas
négligé de remplir ma bourse en quittant
Paris, comme je le lâcherais ! Ah ! si je pouvais trouver un prince Russe pour me rapa-
trier... oui mais ! à Magnac-Laval ils ne doi-
vent pas pulluler les Grands-Ducs.

(Entre Virginie.)

Virginie

Voici les chocolats qu'a commandés monsieur de Caulincourt, Madame.

Léa

Posez-les sur la table. *(Virginie les pose)* Où
est-il Monsieur de Caulincourt ?

Virginie

Dans sa chambre, je pense ; il ne se sentait
pas bien, tout à l'heure.

Léa, *à part.*

On pourra m'en reproposer des voyages
d'agrément *(Haut)* Laissez-moi...
(Virginie sort.)

Léa

Si je déjeunais avant d'aller au télégraphe ?
*(Comme elle va pour s'installer, Jules sort de sa
chambre.)*

SCÈNE VIII

Léa, Jules.

Jules, *sans voir Léa.*

Ohé ! Latourte. *(A part)* Où est-il cet animal-
là ?

Léa

Comment... Latourte !

Jules, *voyant Léa.*

Oh ! pardon, Madame. *(A part)* Mazette...
jolie personne ! *(Haut)* C'est un ami qui répond
au nom harmonieux de Latourte... et que
j'appelais.

Léa, *à part.*

D'où sort-il celui-là ?

Jules, *voyant les deux chocolats, à part.*

Tiens Virginie a monté notre déjeuner du
matin. *(S'installant à table.)* Vous permettez,
Madame ?

Léa, *estomaquée.*

Mais ?... *(A part)* Eh bien en voilà un qui ne
se gêne pas...

Jules, *l'invitant.*

Si le cœur vous en dit...

Léa, *à part.*

Elle est raide celle-là ! *(Haut)* Mais Monsieur... ce chocolat...

Jules

... Chocolat du Planteur, Madame... je ne
prends que celui-là, comme je ne fume que
le Nil...

Léa, *à part.*

C'est un fou. *(Haut)* Ce chocolat, c'est mo
qui l'ai commandé.

Jules, *s'arrêtant.*

Vrai ! *(Mangeant)* Alors, Madame, c'est moi
qui me permettrai de m'inviter.

Léa

Enfin, Monsieur.

Jules

Oh ! Madame, je sais que tout l'honneur
est pour moi...

Léa

Mais, Monsieur, je ne vous connais pas...

Jules

Mais, Madame, je ne vous connais pas non
plus.

Léa

Je vais me fâcher... je vais appeler.

Jules

Non, Madame, vous ne ferez pas cela.

Léa

Soit, Monsieur, je ne me fâcherai pas...
Mais mon ami peut se fâcher, lui...

Jules

Vous avez un ami ?... Merci, mon Dieu !

LÉA

Je voulais dire :... Mon mari.

JULES

Non, ne vous repreuez pas...

LÉA, *à part*

Oh ! quelle idée !... (*Haut*) Soit... Mon ami peut venir, et s'il vous voit ?...

JULES

.. Ce qui est probable, s'il n'est pas aveugle...

LÉA

Il vous tirera les oreilles... ou...

JULES

Ou ?

LÉA

Ou il me quittera...

JULES

Combien je préfère cette dernière solution.

LÉA

Pourquoi ?

JULES

D'abord à cause de mes oreilles... Puis, parce que je ne doute pas que cette rupture soit avantageuse pour vous.

LÉA

Vous ignorez ce que mon ami fait pour moi !

JULES

Oh !... pas grand' chose !

LÉA, *distraite.*

Comment le savez-vous ?

JULES

Vous voyez...

LÉA

Je voulais dire : Qu'en savez-vous ?

JULES

C'est l'enfance de l'art... s'il m'était donné d'avoir pour amie une jolie femme comme vous... à ses oreilles pendraient les plus beaux diamants de l'Alaska... à ses doigts brillerait tout l'or du Transvaal, toutes les perles du Japon... non du Brésil.

LÉA, *à part.*

Ça mord. (*Haut*) Vous êtes donc bien riche ?

JULES

Une modeste aisance ; 30,000 francs de rente et un bon de l'Exposition.

LÉA, *à part.*

Bonne affaire. Mais il me plaît beaucoup. Le voilà mon prince Russe. (*Haut*) Et quel gage me donnez-vous de votre sincérité ?

JULES

Une traite de cinquante louis sur mon banquier à Paris... Mais à condition que, vous aussi, vous m'aimiez tout *d'une traite...*

LÉA

Naturellement... Très joli votre mot... (*On entend des bruits de pas*).

JULES

Chut... Je sens le sol trembler sous moi... C'est Latourte qui monte l'escalier.

LÉA

Latourte ?

JULES, *voulant entraîner Léa.*

Oui... Il ne faut pas qu'il me voie avec vous... Venez...

LÉA

Mais...

JULES

Venez... je vous expliquerai.

LÉA, *le suivant, à part.*

Après tout, zut pour l'autre !. (*Ils rentrent chez Jules*).

SCÈNE IX

Latourte, *venant du fond.*

Pas plus de major à la gare que de bifteacks dans le rata ! Il aura manqué le train... Qu'est-ce qui fait ce pétard dans la chambre dé Dupont... (*Il regarde par la serrure*) Ah !... la belle femme ! il lui embrasse son signe... (*Il monte sur une chaise pour mieux voir*) Hardi Dupont... à l'attaque ma vieille... Ah ! le coquin ! Sacré Dupont y va coucher sur ses positions ! Moi aussi que je me coucherais bien... la bombe d'hier m'a donné la gueule de bois... Mais, là... y a pas moyen, je les gênerais... Ah ! là. (*Il désigne la chaise longue*) Je vas m'allonger en attendant l'heure du prochain train. Ah !... (*Il s'endort*).

SCÈNE X

Latourte endormi, Le Major.

LE MAJOR

J'ai télégraphié à Léa, je suis tranquille. *(Voyant Latourte qu'il prend pour Jules Dupont).* Comment? Dupont est ressorti de sa chambre et il a remis ses vêtements de drap?... Signe de fièvre, il ne peut tenir en place et a froid.. *(L'examinant de près).* Ah!... comme il a maigri! C'est bien cela ; tout-à-l'heure il était gonflé, maintenant il est dégonflé... Quelle bizarre maladie! Ma parole, sa figure aussi est changée! et ses cheveux! Il est rouquin à présent. C'est un caméléon ce Dupont! Quel nom scientifique donner à son affection? Ah ! j'y suis... c'est de la camélédonie,... non caméléonie.

SCÈNE XI

LES MÊMES, Virginie, *puis* Mme Jean Dupont.

VIRGINIE, *venant du fond.*

Pardon, M'sieur le Médecin...

LE MAJOR

Qu'y a-t-il?

VIRGINIE

C'est Mme Dupont qui arrive de Paris pour voir son mari !

LE MAJOR

Son mari ?

VIRGINIE

Oui... Elle avait appris sa mort par les journaux, mais on est venu du Ministère pour la rassurer ; néanmoins elle est très inquiète.

LE MAJOR

Je comprends ça... Priez-la d'entrer, mais.. sans bruit... *(A part)* Elle est capable de ne pas le reconnaître

Mme DUPONT, *se précipitant.*

Ah! Dupont !

LE MAJOR, *l'arrêtant.*

Chut !...

Mme DUPONT

Où est-il ?

LE MAJOR, *lui montrant Latourte.*

Là... mais ne le réveillez pas... il n'est pas bien... *(Latourte doit avoir le visage en partie caché par son képi).*

Mme DUPONT, *estomaquée.*

Ça ? Mon mari ! je vous crois qu'il n'est pas bien... il est même mal... Mais il n'y en a plus... *(Elle veut s'approcher très près de Latourte).*

LE MAJOR, *l'en empêchant.*

N'approchez pas, Madame. Vous le réveilleriez. Oui, c'est sa maladie, Madame,...il gonfle et dégonfle... il change d'aspect. C'est ce que nous appelons la nouvelle camélédonie... non, caméléonie...

Mme DUPONT

Mais c'est impossible ?

LE MAJOR

Je l'ai cru comme vous... malheureusement l'évidence est là...

Mme DUPONT, *soupçonneuse.*

Ah ! je comprends...

LE MAJOR

Vous avez de la chance, moi je n'y comprends rien du tout.

Mme DUPONT

Pour s'éviter des réclamations, le gouvernement étant cause du décès de mon mari veut subrepticement m'en faire accepter un autre...

LE MAJOR, *haussant les épaules.*

Une telle supposition ne tient pas debout, Madame... Qu'est-ce que vous voulez que ça fasse au gouvernement que votre mari soit mort ou vivant? Si c'était un cheval. . je ne dis pas...

Mme DUPONT

Mais, Monsieur, mon mari vaut mieux qu'un cheval.

LE MAJOR

C'est possible... mais il ne court pas si fort... et puis un homme, ça ne compte pas... tandis qu'un cheval ça s'achète, Madame... Mais, rassurez-vous, nous sauverons votre mari et vous le rendrons dans son état primitif...

Mme DUPONT, *désolée.*

Le retrouver plat comme une limande quand je l'ai quitté gras comme un petit cochon.

LE MAJOR

Qu'est-ce que vous voulez, Madame... C'est la nouvelle camélédonie... non caméléonie ; il gonfle et dégonfle... Ne vous désolez pas... Ayez un pneu... non un peu de patience... attendez qu'il regonfle... nous le remplumerons votre petit cochon !

Mᵐᵉ Dupont

Oh! merci, Monsieur, laissez-moi au moins l'embrasser.

Le Major

Par la pensée seulement, Madame.. par la pensée... Venez, Madame...

Mᵐᵉ Dupont, *envoyant un baiser à Latourte*

Tiens... trésor... *(Sortant au bras du Major)* Dieu qu'il est laid quand il est maigre

(Madame Dupont et le Major sortent au fond.)

SCÈNE XII

Latourte, Jean Dupont

Jean, *sortant de sa chambre.*

Ah! j'ai dormi une demi-heure... ça va mieux... que fait Léa?... Elle boude, sans doute? *(Il va à la chambre de Léa)* Personne... si elle pouvait m'avoir quitté...

Latourte, *se réveillant et s'étirant.*

Ah!.. Pourvu que je n'aie pas laissé passer l'heure du train... *(Il regarde sa montre)* Ah! non...

Jean

Tiens! ce militaire l'a peut-être vue, Léa!.. Pardon, militaire,.. vous n'auriez pas vu une dame qu'a un grain de beauté sur la joue droite?...

Latourte

Ah! oui... un signe... si .. si... *(Il se tord.)*

Jean

Pourquoi se tord-il?

Latourte

Si, si... elle est là... chez Dupont.

Jean

Hein? chez Dupont... quel Dupont?

Latourte

Ben Dupont... y en a pas 36 comme lui au 250ᵐᵉ.

Jean

Comment, le Dupont du 250ᵉ est ici... *(A part)* Sapristi! pourvu que ma femme n'arrive pas... je serai propre... *(Haut)* Et la dame dont je vous parle est chez lui?

Latourte

Pour sûr... et a s'embête pas, allez...

Jean, *à part.*

Au fait... C'est un bon prétexte pour lâcher Léa! *(Il va dans sa chambre et en ressort avec son sac).* Quand cette dame sortira de chez Dupont, vous lui direz que je suis parti et que je la plaque... *(Jeu de scène au gré de l'artiste)* Comme ça...

Latourte, *répétant le jeu de scène en question.*

Comme ça? Si vous voulez. , *Jean sort au fond)* Drôle de particulier. *(Il se lève et rajuste ses vêtements.)* Ah! cette fois faut que je vas au devant du Major...

SCÈNE XIII

Latourte, Jules, Léa.

Léa, *très tendre, sortant avec Jules.*

Alors?

Jules

Alors... je te gobe?

Léa

Tu me gobes?

Latourte

Ils se gobent.

Léa et Jules

Nous nous gobons.

(Ils s'embrassent)

Léa

Attention *(Montrant la chambre de Dupont)* Si l'autre imbécile qui est là sortait...

Latourte

Pas de danger... il m'a dit de vous dire qu'il vous plaquait *(Il répète le précédent jeu de scène)* Comme ça ...

Léa, *de même.*

Comme ça? Alors tout à toi, p'tit homme dans un ciel sans nuages. ,

Jules

Pardon. Il y a encore un nuage. *(Bas)* Adolphe.

Léa

Puisque je te dis que je le lâche... Pour commencer je vais lui télégraphier qu'il ne compte plus sur moi demain... *(A Latourte)* Où est-il le télégraphe?

Latourte

A la gare, je vais vous y conduire en allant au-devant du Major...

LÉA

A tout à l'heure, bébé.

LATOURTE, *sortant au fond avec Léa.*

Est-il veinard tout de même ce Dupont !

SCÈNE XIV

Jules Dupont, *puis* Jean Dupont.

JULES

Ah ! je suis vanné, moi ! Délicieuse, cette Léa, Délicieuse ! Enfoncée Cléo ! (*Il s'allonge sur la chaise longue et s'endort.*)

JEAN, *entrant précipitamment*

Sapristi ! Juste ce que je craignais... Ma femme que je viens d'apercevoir en allant payer ma note d'hôtel... Elle qui me croit réserviste ! Comment faire ? Et Léa qui est là ! Ah ! cette capote. Je rentre dans ma chambre et la revêts. (*Il prend la capote de Dupont et rentre dans sa chambre*) Comment cela va-t-il finir, mon Dieu ! (*Il disparaît*)·

SCÈNE XV

Jules Dupont *étendu,* le Major, *puis* Mme Dupont.

LE MAJOR

C'est étonnant !... au tournant de la rue... il m'a semblé voir Léa avec un soldat... C'est invraisemblable... j'ai dû me tromper... Ah ! voyons ce fameux Dupont (*Voyant Jules étendu*) Ah ! encore changé... c'est épatant... Me fera devenir fou c't'animal-là...

Mme DUPONT, *entrant.*

Excusez-moi, monsieur le Major, mais, en vous voyant revenir, j'ai cru à une aggravation de l'état de mon mari et...

LE MAJOR

Aggravation... non... Modification... oui...

Mme DUPONT, *estomaquée.*

Ah ! il est brun, à présent !

LE MAJOR

Que voulez-vous, c'est sa maladie ; il gonfle et dégonfle... il change d'aspect... c'est la nouvelle caméléonie... je n'y peux rien...

Mme DUPONT

Mais, vous êtes bien sûr que ce soit lui ?...

LE MAJOR

Si vous ne me croyez pas, demandez-le lui. J'en ai assez à la fin...

Mme DUPONT

Oh ! merci, monsieur le Major. (*A Jules*) Dupont... mon petit Dupont... c'est toi ?..

JULES, *mi endormi.*

Dupont ?... oui c'est moi...

LE MAJOR

Là... qu'est-ce que je vous disais... Embrassez-vous et que ça finisse...

Mme DUPONT, *à part.*

Enfin, cette fois, il est moins mal que tout à l'heure.

LE MAJOR

Quand il sera tout à fait regonflé, il sera très bien.

Mme DUPONT, *à Jules.*

Ah ! mon chienchien .. je t'ai cru mort. (*Elle l'embrasse*).

JULES DUPONT, *tout à fait réveillé.*

Hein ! Qu'est-ce que c'est que ça ?

LE MAJOR

Ça ? c'est votre femme...

JULES

Ma femme ?

LE MAJOR

Vous ne la reconnaissez pas ?

JULES

Mais je ne suis pas marié !

LE MAJOR

Pas marié ! De qui se fiche-t-on ici ?

SCÈNE XVI

LES MÊMES, Jean Dupont, *puis* Latourte, *puis* Léa.

JEAN, *sortant de sa chambre en troupier.*

Ah ! comme ça, je ne crains rien... ma femme peut entrer. (*Apercevant sa femme*) Elle ! avec le major !

Mme DUPONT

Lui ! Mais le voilà mon mari. (*Elle se jette dans ses bras*) Ah ! mon Jeanjean, je savais bien que tu n'avais pu changer tant que cela...

LE MAJOR

Enfin que signifie ?...

Mᵐᵉ DUPONT

Monsieur le Major, cela signifie qu'il y avait, sans doute, deux Dupont au 250ᵉ.

JEAN, *bas à sa femme.*

Tais-toi donc !
(*Latourte entre et se tient au fond*)

LE MAJOR

Evidemment, puisque les voilà les deux Dupont, et si je les ai pris l'un pour l'autre, c'est de la faute d'un gaillard qui ne va pas y couper... le planton qui devait m'attendre à la gare.

LATOURTE

Mais j'y suis allé deux fois, Monsieur le Major.
(*Entre Léa.*)

LE MAJOR, *le reconnaissant, à part.*

Tiens ! le soldat avec qui j'ai cru voir Léa tout à l'heure. (*Haut*) Ah ! vous y êtes allé... et avec qui ?

LÉA, *sans reconnaître le Major.*

Avec moi, Monsieur le Major. (*Le reconnaissant*) Ah ! Adolphe !

ENSEMBLE
> LE MAJOR, *saisi.*
> Léa !
> JEAN
> Léa revenue.
> JULES
> Adolphe !

JEAN, *bas à Léa.*

Je sais tout : silence pour silence.

LE MAJOR, *n'en revenant pas.*

Mais... m'expliquerez-vous ?

LÉA, *bas au Major.*

C'est bien simple. J'ai su par votre ordonnance que vous étiez ici. Alors, comme c'est demain samedi, et que, ce jour-là, de 2 à 3 je ne peux pas me passer de vous, je suis venue.

LE MAJOR

Oh ! ma Lélée.

LÉA

Tenez-vous, il y a du monde.

LE MAJOR, *plus bas.*

Oh ! Je suis bien heureux, va !

LÉA

Alors... pardonnez à tous...

LE MAJOR

Mériteraient pourtant faire du rabiot ces deux fricoteurs de Dupont. (*A Jules*) Pas plus malade que moi. (*A Jean*) Pas plus soldat que ma pantoufle.

JEAN

Aïe... Il sait tout !

LE MAJOR

Enfin... à la prière de Madame, je consens à vous laisser profiter de l'ordre ministériel libérant par anticipation les réservistes du corps d'armée...

JEAN *et* JULES

Ah ! Vive le Major !

TOUS

Si nous sûmes vous plaire
MM. faites le voir
En revenant nous faire
Visite un autre soir

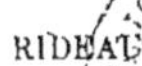

RIDEAU

Vannes. Imp. — LAFOLYE, 2, place des Lices. — 1083-1900.

AUTEURS	TITRES DES ŒUVRES	Hommes	Femmes	Prix nets
F. Beauvallet	Faites le jeu, Messieurs. d	3	1	loc.
Moreau-Gramet	Famille Nitouche (La)	3	4	loc.
Lebreton-Moreau	Farces du Printemps (Les) d	7	4	loc.
St-Agnan Choler	Faut du prestige (vaud.) d	3	2	loc.
Lebreton-Duroc	Faut que j'casse la g. à Baptiste d	4	3	loc.
Flers	Femina d	troupe	»	loc.
Ch. Gabet	Femme de Valentino (La) d	»		loc.
F. Chaudoir	Fête à Claudine (La)	1	1	4 »
E. Duhem	Fête à M. le Maire (La)	3	2	4 »
Dorfeuil-Bouvet	Fiancé des Nourrices (Le) d	troupe	1	loc.
Javelot	Fiancés berrichons (Les)	1		3 »
Soulié	Fiancés du bonnet de coton (Les)	1	1	5 »
L. Vasseur	Fichue idée d	2	1	5 »
Brigliano-Talber	Fichue situation d	4	4	loc.
Liouville	Fièvre phylloxérique (La)	3	2	4 »
Berthe	Fille du charpentier (La)	3	1	5 »
Lebreton-Moreau	Fille du marin (la) d	8	7	loc.
Lebreton-Soudant	Filles de la Cantinière (Les) d	troupe	»	loc.
Lebreton-Moreau	Fils à Papa (Le) d	troupe	»	loc.
Chaulieu et Bataille	Fils de M. Alphonse (Le) (vaud.) d	troupe	»	loc.
Duroc-Mailfait	Five O'Clock de la Baronne	7	2	loc.
Villebichot	Fleuriste et typographe	1	1	5 »
Lebreton-Talber	Foire aux nichons (La) d	7	7	loc.
Pradels-Quirel	Fosse aux ours (La)	troupe	»	loc.
Divers	Françoise les bas bleus d	troupe	»	loc.
Moreau-Soudant	Francs-tireurs de la mort (Les)	troupe	»	loc.
Lebreton-Reissier	Frangine (La) d	troupe	»	loc.
Divers	Fantrognon d	8	11	loc.
Lebreton-Moreau	Frère de lait (Le)	1	2	4 »
Cabin-Tomy	Friper's and Co d	troupe	»	loc.
Lebreton-Moreau	Friquet d	9	7	loc.
Cieutat	Furet (Le)	»	1	4 »
Moreau-Touzé	Gai gai mariez-vous !	4	3	loc.
Moreau-Darsay	Gaités du bastion (Les)	5	3	loc.
Divers	Gavroche et Loup de mer	1	1	loc.
Froyez-Colias	Grand Duc Moleskine (Le) d	8	6	loc.
Lefort	Grand papa de la chanson (Le) d	1	1	3 »
Lebreton-Blairat	Grenouille (La) d	4	2	loc.
Moreau-Marcus	Grève des facteurs (La)	2	2	loc.
M.-Brisac	Guerre aux hommes (La) d	6	7	loc.
Lebreton-Nicolai	Gueule d'Or d	6	6	loc.
Lebreton-Moreau	Héritière de Carapattas (L') d	8	8	loc.
Villebichot	Hirondelles de la rue (Les)	»	2	3 »
Lebreton-Blairat	Homme pâle (L') d	4	2	loc.
Lebreton-Duroc	Hôtel d'Artistes d	troupe	»	loc.
Lebreton-Duroc	Hôtel de Noblepanne d	4	4	loc.
Darantière et Bouvet	Hôtel du lac bleu (L') d	7	6	loc.
Dourel-Jost	Hôtel modèle d	7	7	loc.
Autigeon-Dourel	Hypnotiseur malgré lui (L') d	3	2	loc.
Moniot	Jacotte	1	1	5 »
Liger-Aubrun	J'ai perdu Virginie	3	1	loc.
Nargeot	Jeanne, Jeannette et Jeanneton d	2	3	8 »
Michiels	Jefque et Trinne	1	1	4 »
Lebreton-Soudan	J'épouse ma bonne d	5	4	loc.
A. Perronnet	Je reviens de Compiègne	»	1	4 »
Bernicat	Jeunesse de Béranger (La)	3	1	6 »
Lebreton-Moreau	Jocrisses du mariage (Les) d	troupe	»	loc.
B. Lebreton	Joies du divorce (Les) d	troupe	7	loc.
L. Collin	Journée aux soufflets (La)	1	1	4 »
Francois-Derys	Jules d	1	1	loc.
Herpin	Ki-Ki-Ri-Ki d	troupe	»	loc.
Soudant	lâchée	5	1	loc.
Robillard	La vengeance de Ramoli	2	1	4 »
Desormes	Leçon de musique (La)	1	1	4 »
J. Clérice	Léda d	troupe	»	loc.
Cazaneuve	Loi du pal (La) d	troupe	»	5 »
Herpin	Lune de Miel (La) d	4	1	loc.
Moreau-Gramet	Ma Colonelle	2	2	loc.
Clairville fils	Madame la baronne d	1	1	4 »
Wachs	Madame le docteur	2	1	4 »
V. Roger	Mademoiselle Louloute	2	2	5 »
Bessière-Marinier	Maire et Martyr d	3	2	loc.
Talexy	Maître Grelot	3	2	7 »
Bouvet	Major Purjotin (Le)	4	3	loc.
Moyne-Jacoutot	Mamzelle Claudinette d	3	2	loc.
T'ar Nemo Celval	Mamzelle Culot	troupe	»	loc.
De Lajarte	Mam'zelle Pénélope d	3	1	7 »
Fransois	Mandat (Le) d	troupe	»	1o
Jouhaud	Mariages riches	1	1	3 »
Moniot	Marianne et Jeannot d	1	2	8 »
Tollet	Marié sans l'être	4	»	3 »
Moreau-Duroc	Maris jaloux (Les)	5	2	1o
Simiot	Mariés de Nanterre (Les)	1	2	4 »
Gresset-Bernard	Méfiez-vous d'Oscar d	2	2	loc.
E. André	Melon (Le) (monologue synète)	1	»	2 »
Moreau	Ménage Poire	troupe	»	loc.
Desormes	Menu de Georgette (Le)	3	2	8 »
Ch. Gabet	Mérite des femmes (Le) d	4	4	loc.
Moreau-Boucherat	Médjidié (Le)	3	1	loc.
Soudant	Mimi Vadrouille	troupe	»	loc.
Lebreton-Moreau	Miss Kissmy d	5	5	loc.
Beissier	Miss Million d	troupe	»	loc.
Bessier-Moreau	Môme aux Camélias (La) d	troupe	»	loc.
Bessière-Rulfier	Môme aux gros yeux (La) d	8	6	loc.
Chassaigne	Monsieur Auguste d	1	1	3 »
Garnier-Vallès	Monsieur ma belle mère	2	3	loc.
Lebreton-Moreau	Monsieur Sans Gêne d	troupe	»	loc.
Blairat-Neuzillet	Mouche (La) d	troupe	»	loc.
Moreau-Touzé	Mouche du Coche (La)	4	2	loc.
Desormes	Myope et presbyte d	1	1	4 »
E. Lhuillier	Nègre de la Porte St-Denis (Le)	3	3	3 »
Lebreton-Blairat	Nez enchanté (Le)	1	1	3 »
Lebreton-Blairat	Ninie la Rouquine d	5	3	loc.
Dorfeuil-Moreau	Le Nez de Cyrano d	troupe	»	loc.
Herpin	Noce à Grospoulot (La)	5	7	loc.
F. Barbier	Noce à Suzon (La)	1	1	4 »
L. Collin	Noces d'or (Les)	2	1	5 »
Bouvet-Darantière	Nos bons touristes d	5	4	loc.
Moreau-Gramet	Nos petites Chattes	3	5	loc.
Dorfeuil-Guillemaud-Duharnois	Nos ploupious d	troupe	»	loc.
Lebreton-Moreau	Nos voisins d	6	6	loc.
V. Roger	Nourrice de Montfermeil (La)	2	3	6 »
Ch. Gabet	Nouvel Achille (Le) (vaud.) d	3	1	loc.
Touzé Prud'homme	Nuit de Noces de Beauflanchet	6	1	loc.
Jacobi	Nuit du 15 octobre (La) d	3	4	6 »
Uédé fils	Oncle et Neveu	3	»	3 »
Louis Bouvet	Oncle Maboulin (L')	4	4	loc.
Bessière-Rulfier	Ordonnance Bezuchet (L')	2	2	loc.
Berthelot Roland	Othello chez Thaïs d	3	5	loc.
Dufils	Paille et la Poutre (La)	»	2	6 »
Billemont	Pantalon de Casimir (Le)	1	1	6 »
A. Petit	Par autorité de Justice d	5	3	loc.
Dorfeuil-Moreau-Dédé	Paris aux Courses d	8	8	loc.
F. Barbier	Par la fenêtre	1	1	4 »
J. Walter	Par la Gymnastique d	2	1	loc.
Henry Moreau	Partie de Campagne d	troupe	»	loc.
Éd. Lhuillier	Pasquinette	1	1	3 »
Bénédite-Jaucourt	Le pays Vierge d	troupe	»	loc.
Moreau-Darsay	Pension Carabin	6	5	loc.
Offenbach-Roques	Péri-colle (Parodie de Périchole)	2	1	2 50
Perrault-Maty	Perruche de ma femme (La) d	4	3	loc.
Tréblat-St-Cyr	Personne (drame en 5 minutes)	2	1	5 »
L. Collin	Petit Spahi (Le)	3	3	5 »
Lebreton-Moreau	Petite baronne (La) d	troupe	»	loc.
Linas	P'tite bête vit encore (La) d	1	1	4 »
Lebreton-Moreau	Petite colonelle (La) d	8	3	loc.
id.	Petites Menichons (Les) d	troupe	»	loc.
A. Petit	Petits lapins (Les) d	troupe	»	loc.
Maurey et Jimbu	Petits Trottins (Les) d	5	6	loc.
Lebreton-Moreau	Petits Zouzous (Les)	troupe	»	loc.
J. Clérice	Phrynette d	troupe	»	loc.
A. Alavoine	Plumechat et Cie d	4	»	loc.
F. Barbier	Points jaunes (Les)	1	1	5 »
Deslossez-Piccolini	Pommes d'amour (Les)	6	6	loc.
Cinoh-Verdellet	Pompier d'Endoume (Le)	5	2	loc.
Gresset-Bernard-Letorey	Pompier d'Ernestine (Le) d	2	2	loc.
Autigeon-Dourel	Poste restante 222 d	4	3	loc.
F. Barbier	Poupée automate (La)	1	1	4 »
Fay	Pour qui le gosse ?	2	3	loc.
A. Lambert	Première brouille (La) comédie	»	1	1 »
Couturet	Premières amours d	4	1	loc.
F. Barbier	Premières armes de Parny (Les)	1	3	5 »
Moreau	Professeur de chant (Le)	1	1	3 »
De Ste-Croix	Pygmalion d	2	2	6 »
Garnier-Héros	Queue du Diable (La) d	troupe	»	loc.
Delilia-Héros	Qui va à la Chasse	2	2	loc.
L. Collin	Qui se dispute s'adore	1	1	4 »
Ch. Lecocq	Rajah de Mysore d	troupe	»	8 »
Villebichot	Réponse du Berger (La)	1	1	4 »
Jacoutot	Retour de Kerdrec (Le)	troupe	»	4 »
Meugé	Retour de Margotte (Le)	1	1	4 »
Roques	Retour de Mars (Le)	1	2	4 »
L. Collin	Retour de Musette (La)	1	1	4 »
Autigeon-Dourel	Revanche de Verluisant (La) d	5	2	loc.
Autigeon-Dourel-Heydel	Revenants (Les)	3	3	loc.
Ch. Thony	Robes et Manteaux d	5	4	loc.
F. Chaudoir	Roi Claquette (Le) d	3	3	6 »
Briollet-Yvel	Roi koku (Le) d	troupe	»	loc.
Desormes	Roland furieux	3	1	2 »
L. Desormes	Romance impossible (La)	2	2	5 »
Ch. Gabet	Rosière de Valentino (La) d	3	1	loc.
Michiels	Rosière d'Interlaken (La)	1	1	4 »
Ch. Gabet	Ruy Black (v) d	troupe	»	loc.
Clements	Saint-Yvon (La) d	2	1	5 »

AUTEURS	TITRES DES ŒUVRES	Hommes	Femmes	Prix net
Ch. Lecocq	Sauvons la caisse d	1	1	6 »
Marat-Febvre-Bodant	Septième Escouade (La) d	9	7	loc.
R. Planquette	Serment de Mme Grégoire (Le)	1	1	8 »
Lebreton-Soudan	Serment du marin (Le) d	4	2	loc.
Lebreton-Moreau	Signe de Léda (Le) d	troupe	»	loc.
Ouvier	Simone et Boquillon	2	1	5 »
Lebreton Duroc	Soir de Noce d	4	4	5 »
Mailfait	Soirée bourgeoise	2	2	loc.
Leserre	Soirée d'amateurs ... pochade	5	»	1 »
Lebreton-Moreau	Soldat !	troupe	»	loc.
Gresset	Souffleur par amour d	3	1	loc.
Meyan	Soupirs du cœur	2	3	5
Ch. Malo	Souviens-toi de Clémentine	2	1	
Moreau-Darsay	Spiritisme des Familles	4	4	
Tac-Coen	Suzette, Suzanne et Suzon	1	3	loc.
Wachs	Tata chez Toto	2	1	4 »
Lempereur et Pimard	Témoin (Le)	3	1	loc.
Lambert-Lebreton	Terre-Neuve d	3	5	loc.
Marc Sonal	Théophile	2	1	loc.
Chassaigne	Toc	2	2	loc.
Hervé	Toinette et son carabinier	2	1	5 »
Bessier-de Gorsse	Tonton d	3	3	6 »
Wachs	Totor et Titine	2	1	loc
Hubans	Tour de Moulinet (Le) d	2	1	4 »
Cartier	Train des Maris (Le)	2	1	8 »
Moreau-Duroc	Tranquil'hôtel	5	4	4 »
Moreau-Darsay	Trente mille francs par an	2	2	loc.
Ch. Gabet	Trésor des Dames d	troupe	»	loc.
Lebreton-Moreau	Treize jours d'un Parisien (Les) d	troupe	»	loc.
id.	Treizième spahis (Le) d	troupe	»	loc.
id.	Trio de troupiers d	troupe	»	loc.
Lebreton-Téramond	Trois Gosses (Les)	4	4	loc.
Lebreton-Moreau	Trois Maçons (Les) d	4	2	loc.
Lambert-Lebreton	Truc du Pharmacien (Le)	4	1	loc.
L. David	Tu l'as voulu d	3	1	5 »
Héros Jost	Tsiganie dans les Ménages (La) d	troupe	»	loc.
Javelot	Un amour d'épicier	2	1	4 »
Cardet-Launoy	Un bon ami	2	1	loc.
P. Henrion	Un charcutier dans les fers	1	1	4 »
Chassaigne	Un Coq en jupons	1	1	4 »
Banès	Un do malade	2	1	5 »
Wachs	Un domestique pour rire	1	1	4 »
Moreau-Gramet	Un dragon pour deux	3	2	1 »
G. Laurens	Un futur sur le gril	2	1	4 »
Ch. Malo	Un gendre à poigne	2	2	5 »
Pericaud	Un hercule qui ne veut pas se rouiller	2	1	4 »
Cambillard	Un mariage à la force du poignet	1	1	3 »
Ch. Malo	Un mariage au flageolet	1	1	4 »
Dauphin	Un mariage en Chine d	4	1	6 »
Bernicat	Un mari à l'essai	1	1	4 »
Pericaud	Un mari en grande vitesse	3	1	4 »
L. Collin	Un mauvais conscrit	2	»	4 »
Chassaigne	Un 1er jour de ménage	1	1	4 »
F. Barbier	Un souper chez Mlle Contat	»	2	5 »
Bernicat	Une aventure de la Clairon	2	2	6 »
Lebreton-Blairat	Une Consultation d	4	3	loc.
Garnier-Vallès	Une Corbeille de Noce	5	3	loc.
C. André	Une drôle de Marquise	2	1	3 »
Claments	Une étoile d'antichambre d	2	1	5 »
Fouhaud	Une femme du quart du monde	2	»	4 »
Villebichot	Une femme qui bégaie d	3	»	6 »
L. Roques	Une femme tombée du Ciel	1	1	5 »
Villebichot	Une fille à trucs	3	1	4 »
Liouville	Une fille en loterie	2	»	4 »
Touzé-Monjardin	Une intrigue chez les Mouchamiel	2	»	loc.
Desormes	Une lune de miel normande	1	1	4 »
L. Collin	Une mariée sans mari	1	1	4 »
Ed. Lhuillier	Une marine à vapeur	1	8	3 »
Desormes	Une mauvaise connaissance	3	»	4 »
Moreau-Darsay	Une mauvaise nuit	2	2	loc.
Ch. Gabet	Une nourrice sur lieu d	2	4	loc.
Moreau-Dorfeuil	Une nuit de Paris d	troupe	8	loc.
Duhem	Une partie à Robinson	2	»	4 »
Wachs	Une pleine eau à Chatou	2	»	4 »
Bernicat	Une poule mouillée	1	1	4 »
De Paniagua	Une sale Histoire d	3	2	loc.
Chassaigne	Une table de café	2	»	4 »
Robillard	Une tempête conjugale	1	»	4 »
Liger-Aubrun	Urticaire (L')	4	1	loc.
R. Planquette	Valet de cœur	1	1	4 »
J. Walter	Végétariens (Les) d	troupe	1	loc.
Robillard	Vengeance de Ramolli (La)	2	2	4 »
L. Roques	Vénus infidèle (retour de mars) d	1	2	4 »
Moreau-Boucherat	Vert galant	6	1	loc.
Lebreton-Moreau	Vierges du chahut (Les) d	troupe	1	loc.
Autigeon	Vie de garçon (La) d	6	6	loc.
Desgranges	Vieux Sorcier d	3	3	loc
Burani-Planquette	Vingt-huit jours de Champignolette d	6	1	loc.
Vallès-Talber	Vingt-huit jours de Gorenflot (Les)	7	3	loc.
Ratcée-Corbeau	Vive la Classe d	7	8	loc.
Norman-Vallès	Vive les Bleus	7	4	loc.
Chaudoir	Voilettes magiques (Les)	1	1	5 »
Lebreton-Moreau	Vocation d'Isoline (La)	1	2	4 »
Jacobi	Voilà l'plaisir, mesdames	2	2	4 »
Ch. Hubans	Voiture à vendre d	2	4	loc.
Lebreton-Moreau	Volontaire de 92 (Le) d	troupe	4	4 »
Tac-Coen	Volontaire et vivandière	1	2	1 »
P. Talber	Volupté des dames (La)	4	3	loc.
Guy-"ory-Marlus	Zidore d	6	7	loc.

Livrets d'opérettes et de vaudevilles, net : 1 franc.

POUR LES GRANDS OUVRAGES DU RÉPERTOIRE

CONSULTER LE CATALOGUE SPÉCIAL DES

OUVRAGES DE THÉATRE

QUI EST ENVOYÉ FRANCO SUR DEMANDE

MM. les Directeurs sont priés de s'adresser à l'Éditeur pour le conducteur et les parties d'orchestre ainsi que pour le service des pièces nouvelles.

Des envois de livrets à choisir sont faits sur demande en port dû aller et retour.

Vannes. — Imp. Lafolye. — 1063 1900.